孩子不苦惱！

情緒管理
小技巧

問童子書局 著

萬里機構

　　孩子在成長過程中，往往會因為跟父母、同儕間的相處而產生很多情緒起伏。

　　一旦處理不當，小小的情緒問題，可能就會演化為難以治癒的心理健康問題，嚴重影響到孩子的日常生活，以及未來成長。

　　對沒有專業心理學知識的爸媽來說，在孩子遇到情緒挫折時，如何給他們恰當的心理指導，也是一個極為棘手的問題。對大多數家長來說，似乎除了講大道理及日復一日的嘮叨式教育外，就沒有更好的辦法了。

　　能不能讓孩子自己學會管理自己的心理健康、在日常生活中調節自己的情緒呢？答案是肯定的。這並不需要他們學習多麼深奧的心理學知識，而只需要讓孩子學會像對待身體健康一樣，認真而恰當地對待自己的情緒問題。

　　這就是本書出版的初衷和目的。這本結合漫畫形式的圖書，把孩子們可能出現的日常情緒問題逐一拆解，並用幽默詼諧的漫畫闡述了情緒管理的知識；我們希望父母能跟孩子在輕鬆愉悅的伴讀氛圍中，讓孩子成為情緒管理的能手。

人物介紹

小健

子晨

小冬

小喬

小曼

德德

目錄

第一章

日常最應該學會情緒管理的 6 件小事

面對爸爸媽媽的期待

孩子的苦惱

1. 認為自己表現得沒有足夠好，讓爸爸媽媽很失望。
2. 認為自己所有的努力付出都是為了讓爸爸媽媽有面子。
3. 面對期望，可能會對學習產生厭倦感，出現逃避、抗拒學習的念頭。

孩子應該明白的是

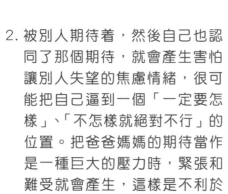

爸爸媽媽希望我成為更優秀的人。

1. 每個人多多少少都會面對別人的期望，比如爸爸媽媽希望我們能成為更優秀的人。他們的期待，是對我們生活與學習的適度鼓勵，也是激勵我們不斷成長的動力。

一定要做好，不做好不行！

2. 被別人期待著，然後自己也認同了那個期待，就會產生害怕讓別人失望的焦慮情緒，很可能把自己逼到一個「一定要怎樣」、「不怎樣就絕對不行」的位置。把爸爸媽媽的期待當作是一種巨大的壓力時，緊張和難受就會產生，這樣是不利於學習與生活的。

快來解開疑惑

1. 爸爸媽媽對我有期待，這是正常的嗎？

每個爸爸媽媽都希望自己的孩子能成為優秀的人，這是很正常的事情。大多數情況下，他們的期待都是為了我們能夠更好地成長。

爸爸媽媽的期待是為了讓我們更好地成長。

2. 如何把爸爸媽媽的期待轉化為成長的動力？

不要過分放大爸爸媽媽的期待，爸爸媽媽更看重的是我們認真努力付出的過程。要保持樂觀自信、積極向上的態度，遇到挑戰要學會為自己加油打氣，面對挫折要鼓起勇氣再接再厲，每次進步要及時肯定自己的努力！

爸爸媽媽更看重我們努力的過程。

3. 如果確實沒法達到爸爸媽媽的要求，應該怎麼辦？

把自己的實際情況，以及內心真實的想法告訴爸爸媽媽，讓爸爸媽媽和我們一起努力，共同解決學習和生活中遇到的難題，一起成長。

爸爸，我要和你說說我的實際情況，對於數學，我真的……

歸納要點

1. 爸爸媽媽對我們有期望是正常的，要正確理解他們的期待。

2. 爸爸媽媽的期待是激勵我們學習和成長的動力。

3. 只要我們曾經努力過，不管最後結果是甚麼，都會得到爸爸媽媽的認可。

小劇場訓練

我們可以對爸爸媽媽提出我們對他們的期待嗎？

A. 當然可以了

B. 不可以吧

我們對爸爸媽媽提出自己的期待，可以給爸爸媽媽帶來動力，幫助爸爸媽媽成為更優秀的父母。當然，期待要建立在符合現實情況的基礎上。

被爸爸媽媽誤會了

孩子的苦惱

1. 不知道為甚麼，總認為爸爸媽媽對自己一點也不了解。
2. 認為爸爸媽媽非常專橫武斷，不願意再跟他們分享自己的想法。

孩子應該明白的是

被誤會了，我很生氣，很失望，太委屈了！

1. 人與人之間相處，難免有誤會存在，從而會產生不被理解、無可奈何的心理。被爸爸媽媽誤會的時候，我們感到生氣、委屈和失望，這也是正常的。

如果不解開誤會，「有理」會變成「無理」哦！

無理

有理

2. 爸爸媽媽對我們一時誤會，並不代表我們就是甚麼樣的人。但是不及時解釋，甚至拒絕與爸爸媽媽進行溝通，就會導致誤會越來越深，最後無法解開，讓自己反而從「有理」變成了「無理」，事情也可能會變得越來越糟糕。

快來解開疑惑

1. 為甚麼爸爸媽媽的誤會，會讓我們如此生氣？

我們之所以會生氣，是因為我們認為自己是爸爸媽媽的孩子，他們不應該誤會我們。一旦誤會發生，這種強烈的反差會使我們迅速產生怒氣。但其實，人和人之間有誤會是很正常的，即使是和自己的爸爸媽媽也不例外。

爸爸媽媽應該信任我才對！

信任

2. 不跟爸爸媽媽說話，會讓他們意識到自己的錯誤嗎？

不跟爸爸媽媽說話，是我們賭氣時的常見做法。但我們不表達，只會讓他們無法知曉事情的真相，也意識不到自己的錯誤，反而在無形中破壞了我們跟爸爸媽媽的關係。

哼！我再也不跟爸爸媽媽說話了！

3.如何解開我們和爸爸媽媽之間的誤會？

當我們被爸爸媽媽誤解的時候，很容易在辯解時帶有強烈的情緒，從而導致我們與爸爸媽媽爭吵起來，無法進行有效溝通。在這種情況下，建議自己先冷靜下來，可以過一段時間再找爸爸媽媽把事情說明白，解開誤會。

總之我先走開，冷靜一下吧！

歸納要點

1. 人與人相處時，誤會是難以避免的。
2. 當爸爸媽媽不了解事情的真相時，無法做出準確的判斷，我們應當學會理解他們。
3. 雙方良好的、有效的溝通，有助於還原事情真相，解開誤會。

小劇場訓練

**如果擔心跟爸爸媽媽當面解釋時吵起來，
可以怎麼辦？**

A. 只能選擇不解釋

B. 不當面說，尋找其他方法解釋

　　如果擔心無法當面解釋清楚，可以把自己內心想說的話寫在紙條上，親手交給他們或是放在他們的床頭等容易看見的地方，這也是表達自己想法、解開誤會的一種好方法呢！

被老師批評以後

啊！

教員室

上次你考試成績退步了，原來是因為常常在課堂上看漫畫，這哪裏像個好學生！

我不是故意的……

我並沒有常常在課堂上看漫畫，我只是今天一時沒忍住。

孩子的苦惱

1. 被老師批評之後，產生不願意上學的心理。

2. 認為老師批評得不準確，感到非常委屈，甚至生氣，認為老師不應該小題大做。

孩子應該明白的是

我討厭被批評！

1. 我們正處於成長過程中，往往缺乏良好的自制力與判斷力，難免容易犯錯誤並遭受批評，也會對批評產生反感和排斥心理。

老師是為了我們好才批評我們。

2. 老師的職責是教書育人。當我們犯了錯誤，老師指出錯誤所在，進行適當的批評是在所難免的。即使有時老師語氣重了一點，我們也不應該因此對老師產生敵對情緒。

快來解開疑惑

1.我受到了老師的批評，是不是代表我就是壞學生？

金無足赤，人無完人。每個人都有可能犯錯誤，這並不可怕。只要我們及時改正錯誤，就會得到大家的尊重與喜愛。

金無足赤！人無完人！

2.老師嚴厲地批評了我，是不是在有意針對我？

老師提出批評，大多數時候是出於對我們的關心與愛護，希望我們能夠改過自新。嚴厲的批評可以幫助犯錯的我們更深刻地認識自己的錯誤。

你這次的行為……

老師是有意針對我嗎？

3.面對批評時，我應該怎麼做？

在接受批評時，盡可能穩定情緒，找到老師批評自己的原因，勇敢承認自己的錯誤，並主動承擔相應的責任。如果不知道自己要如何改正，要及時向老師說清楚情況，請老師幫助自己制定具體行動，改正錯誤。

老師，這次是我錯了，我該怎麼改正呢？

歸納要點

1. 教育不能沒有批評，適度的批評可以使我們進步。
2. 每個人對待批評，第一時間都容易產生反感和排斥心理。
3. 老師對我們提出批評，是希望我們能夠不斷汲取教訓，改正錯誤。
4. 學會正確對待老師的批評，把它當作善意的提醒，這對我們的成長是大有益處的。

小劇場訓練

如果老師錯怪了我，應該怎麼辦？

A. 不理他就是了

B. 找機會消除誤會

我要找個時機和老師解釋一下。

　　如果老師因為不了解情況而錯怪了我們，不要立刻頂撞老師，可以尋找適當的時機，將事情經過和自己的想法原原本本地告訴老師，消除誤會。老師難免也有失誤的時候，要學會體諒老師的辛勞哦！

考試之前的情緒管理

孩子的苦惱

1. 一到要考試了就坐立不安，心理壓力很大，吃不好睡不着。

2. 無論看多少書，總是覺得自己沒有溫習好，感覺自己考不出好成績。

感覺坐着也是浪費時間！

孩子應該明白的是

1. 考試焦慮症的主要表現：十分焦急，馬上考試了卻仍然甚麼也記不住，坐立不安，總覺得自己的每一個動作都是浪費時間，常常吃不好、睡不好、精神萎靡不振。

考試的壓力。

2. 考試前感到緊張是正常的，但過度的壓力會給自己的學習和生活造成精神負擔。過度關注學習和考試，反而會給自己增添更多的壓力，不利於考場發揮。

快來解開疑惑

1. 為甚麼考試會讓我們這麼緊張？

考前情緒緊張，是很多人都會遇到的問題。大多數情況下，緊張都是由於我們太希望能考出好成績，對自己施加了太大壓力所導致的；也可能是因為我們自信心不足。

2. 總是擔心考砸了，應該怎麼辦？

太在意考試結果、關注考試排名，甚至一味追求分數，不僅會讓我們失去學習的樂趣，也會給自己帶來很大壓力。我們只要做到認真溫習，發揮自己應有的水平就好，即使偶爾出現個別沒發揮好的情況，也是可接受的。

3. 如何緩解考前的緊張情緒？

可以通過考前放鬆、適度運動、降低對考試結果的預期等，以至制定有規律的學習計劃，從而提升考試信心，幫助自己緩解考前的緊張情緒。

做做運動，緩解緊張情緒。

歸納要點

1. 考前情緒緊張、壓力大，可能是因為我們對自身不夠自信。
2. 有規律、有計劃的學習習慣可以幫助自己提升考試信心，做到心中有數。
3. 勞逸結合不僅可以提高學習效率，還有助於減輕學習壓力。
4. 降低預期，給自己設定合理目標，可以減輕壓力。

小劇場訓練

**走進考場，感到有點緊張，手心出汗，
如何給自己加油打氣，讓自己鎮定下來？**

A. 好像沒有辦法
B. 通過身體調節和心理暗示來調整心理

可以通過一些身體調節和心理暗示的做法，讓自己
迅速鎮定，並提高自信心，比如先調節自己的呼吸，
通過深呼吸讓自己冷靜，然後嘗試告訴自己（或默唸）
「我可以的！」、「我溫習得很充分！」、「我會考好的！」
等話語，給自己精神鼓勵。

面對競爭壓力高度緊張

孩子的苦惱

1. 面對競爭時，認為周圍的人都很出色，對自己不夠自信。
2. 在比賽或選拔考試中，精神十分緊張，非常害怕因出錯而失敗，影響發揮。

孩子應該明白的是

1. 競爭會帶來壓力，導致我們產生焦慮緊張的情緒。這主要是由害怕失敗的心理引起的，面對競爭，我們容易把失敗的後果過分放大。

失敗真的很可怕。

那就是我前進的方向！

2. 在競爭過程中，適當的壓力可以促進我們提升競技狀態，讓我們更加明確前進的方向。但如果壓力過大，則容易讓我們情緒過度緊張，出現心跳加速、心神不定的狀況，從而影響臨場發揮。

快來解開疑惑

1.競爭給我們帶來了壓力，為甚麼還要鼓勵競爭呢？

看我怎麼在競爭中前進！

每個人的成長過程中都會存在着競爭，競爭也會給我們帶來壓力，這都是正常的。但我們可以把壓力化作前進的動力，我們要認識到沒有競爭就沒有進步，我們要學會正確面對競爭，而不是害怕競爭，迴避競爭。

2.如何讓競爭成為我們前進的動力呢？

競爭為我們提供了可追求的目標。對個人而言，自我競爭意識可以讓我們自覺要不斷努力，變得更加優秀。對團隊來說，競爭可以營造互相學習的氛圍，有助於提高各自的水平，最終大家一起進步。

你說得太對啦！

我們是一個團隊！既是競爭對手，也是互相學習的關係！

孩子不苦惱！情緒管理小技巧

3. 如何減輕自己在競爭中的壓力？

當競爭的壓力過大時，可以試着降低自己的求勝期望值，告訴自己重在參與，只要認真努力過，哪怕失敗也是值得被鼓勵的。

歸納要點

1. 競爭壓力主要是害怕失敗的心理所導致的。直面競爭，可以提高我們的抗壓能力，幫助自己踏實成長。

2. 在競爭中要端正自己的心態，勝利時開心接受，失敗時坦然面對。

3. 嘗試淡化競爭色彩，強調參與的過程，可以減輕壓力。

小劇場訓練

競爭使朋友變成了對手，我應該如何和他相處？

A. 敵視他

B. 繼續保持友好

　　朋友和對手的角色在競爭中是可以相互轉換的，不需要對對方抱有敵意。相反，我們應該感謝對方給了我們前進的動力，促進彼此共同進步。

忙碌時總容易發脾氣

039

孩子的苦惱

1. 太多事情纏身，覺得大家都在故意給自己製造麻煩，容易發脾氣。
2. 忙碌時，精神高度繃緊，容易感到疲憊和不開心。

我已經很忙啦！為甚麼還要煩我！

孩子應該明白的是

1. 人忙事多，精神容易處在繃緊狀態，壓力會不斷加大，是以很容易出現憤怒和煩躁情緒，想法變得負面，並很容易朝他人發火。

2. 身體疲勞會導致自我消化負面情緒的能力下降。但煩躁生氣，不僅會讓自己失去快樂，還容易傷害身邊的朋友，無形中給自己製造不必要的學習和生活障礙。

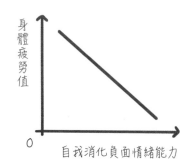

快來解開疑惑

1. 經常發脾氣容易造成甚麼危害？

經常發脾氣不僅影響自己的身心健康，還會把負面情緒傳遞給周圍的人，影響別人的情緒，讓我們的周圍經常充斥着憤怒、壓抑的氣氛，形成惡性循環。

> 怒火會傳遞給周圍的人。

2. 忙碌時心情容易煩躁，應該如何改善？

有意識地控制自己的情緒，當憤怒即將爆發時，可以嘗試進行自我暗示：別發火，冷靜下來。同時，及時調整學習和生活的節奏，適當讓自己放鬆身體、舒緩精神。

> 我要冷靜下來！

3.實在忍不住發脾氣,應該怎麼辦?

控制脾氣是一種能力,有時候很難自控,需要他人的幫助。如果發現無法控制自己經常發脾氣,可以主動與老師或爸爸媽媽進行溝通,請求他們的幫助,讓他們為你找出其中的原因,助你慢慢克服。

> 媽媽,我老是忍不住發脾氣,該怎麼辦呢?

> 嗯……

歸納要點

1. 忙碌時,精神容易繃緊,情緒容易憤怒和煩躁。

2. 當身體疲勞時,自我消化負面情緒的能力會下降。但發脾氣不僅傷害對方,對自己的健康也有負面影響。

3. 自己無法消化負面情緒時,要及時請別人幫忙解決。

小劇場訓練

為甚麼愈是親近的人，我們愈容易對他發脾氣？

A. 愈是親近的人，愈應該成為我們發洩的對象

B. 我們把期望值放大了

身邊的人與我們愈親近，就愈容易接觸到我們憤怒的一面。對親近的人容易發脾氣，是因為我們可能會放大對身邊人的期望值，並容易因為他們沒有達到期望值而感到失望。嘗試對別人多一點包容和理解，自己也會寬容一些！

小錦囊

　　日常小事，常常會引發小朋友的情緒波動，比如對爸爸媽媽的期待感到「壓力山大」、被老師批評之後悶悶不樂又或是每逢要考試了就容易緊張。這些雖然都是小事，但小朋友容易為此「鑽牛角尖」，一旦處理不當，就容易造成較大的心理問題，或者因為負面情緒的日積月累而影響心理健康。

　　因此，學會應對日常生活中的情緒問題很重要。當因為小事感到壓力大或高度緊張時，要懂得及時舒緩情緒，調節自己的心理狀態，不要因為被老師批評一次之後就想不開，影響接下來學習的積極性，也不要因為被爸爸媽媽誤會之後，就在今後與爸爸媽媽的相處中產生隔閡。在面對日常情緒問題時，小朋友如果每次都能對自己說：「這是很正常的啦，小問題，我努力做好自己就好了！」這樣，基本上就能管理好自己的情緒了。

第一章「小劇場訓練」答案：

1. A　2. B　3. B　4. B　5. B　6. B

我的筆記

看過這章節後，有甚麼想對自己、同學或爸爸媽媽說的？不妨記錄下來吧！

第二章

解決最常見的
社交情緒問題

發現朋友可能在說自己壞話

孩子的苦惱

1. 發現朋友可能在說自己壞話，立刻變得憤怒，恨不得衝上去當面對質。
2. 假裝甚麼也沒發生，但是心裏卻有了小疙瘩，跟朋友再也沒法好好相處了。

孩子應該明白的是

1. 當我們聽到別人對自己評頭論足時，很容易被憤怒衝昏頭腦，立刻把自己代入受欺負的一方，堅持認為朋友就是在說自己的壞話，而忽略了這其中是否存在誤會。

她這個人啊⋯⋯

就是很八卦。

學習也不認真。

她肯定是在說我壞話！

我悄悄告訴你哦⋯⋯

2. 朋友之間的相互評價很正常，可能並沒有惡意。我們在不清楚事情真相的時候，千萬不能以訛傳訛，讓事態變得更加嚴重。

快來解開疑惑

1. 聽到消息時感到非常生氣，應該怎麼辦？

首先要讓自己冷靜下來，不要着急上前爭辯，充分調整自己的情緒，反問自己一句「當中是不是有誤會？」。在不知道真相之前，就當作自己不知道這件事，讓自己有充分的時間消化事件、調整情緒。

2. 不相信朋友會這麼做，我該去找他當面證實嗎？

如果我們對朋友有信心，可以嘗試「不去追究是否屬實」，通過兩個人在日常的交往情況來作出判斷，讓實際行動解答事情的真相。

3. 如何消除朋友和我之間的誤解？

無論是採取面對面地聊天，還是用實際行動打破謠言，最關鍵的是不能用「非常生氣」的態度處理事情，要避免產生先入為主的「憤怒判斷」，認為對方確實在說自己的壞話。

首先最重要是不能生氣！

歸納要點

1. 聽到別人在背後評論自己，容易產生誤會和憤怒。

2. 感覺被說壞話，匆忙上前爭辯，可能會讓場面充滿火藥味，不利於真正解決問題。

3. 在不確定事情真相時，可以嘗試「不去追究是否屬實」的做法。

小劇場訓練

如果朋友確實在說我的壞話，我要怎麼辦？

A. 立即把他開除出朋友名單

B. 盡可能以友好的方式解除誤會

如果是一些無關緊要的話題，你可以暗示自己，不要把別人的話放在心上。如果言語有過分誇大的，可以向對方了解情況，問清楚他對我們的行為有哪些不滿，盡可能以友好的方式解除誤會。必要時也可以求助老師和父母幫忙。

被人欺負了很憤怒

孩子不苦惱！情緒管理小技巧

孩子的苦惱

1. 認為絕不可以乖乖受欺負，一定要以暴制暴。

2. 瞬間爆發的憤怒成為主導情緒，不能自控容易做出不理智的行為，導致後果越來越嚴重。

孩子應該明白的是

我一定要打回去！

1. 如果被欺負，我們會產生屈辱、壓迫感，反抗的情緒自然會佔上風，這種情緒會瞬間支配精神和身體做出反抗行為，比如罵回去、打回去等，但是這樣的行為是不理智的。

哇啊！對手太強大，我要先避免直接衝突。

哈哈哈！

2. 面對欺負，在實力不均衡的情況下，要學會避免直接衝突，才有可能減少傷害。所以被欺負的時候，更要保持冷靜，憤怒的情緒反而會加劇衝突。

快來解開疑惑

1. 被人欺負了，不該當場反擊嗎？

無論在甚麼時候，採取以牙還牙的暴力行為都是不可取的。一時意氣用事並當場反擊，往往會刺激對方，進一步加劇現場的衝突，危害到我們自己的安全，造成更加難以挽回的惡劣後果。

當場反擊只會令衝突升級。

2. 遇到類似的情況，我應該怎麼做？

首先要確保別讓自己的身體受傷，盡可能與對方避免肢體上的碰撞。現場要控制好自己的情緒，觀察四周是否有合適的人可以尋求幫助和支持，如老師、家長等，並及時發出求助信號。

救命啊！誰來幫幫我！

3.如何控制自己的情緒，避免加劇衝突呢？

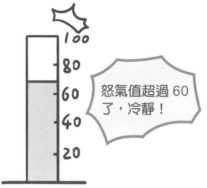

怒氣值超過60了，冷靜！

一定要冷靜！在怒氣值即將爆發前不斷暗示自己「生氣沒有用」，並且要告訴自己這個事情可以通過老師來解決，老師會根據校規對對方進行合理的處罰，自己沒必要在此發怒，引起爭執。

歸納要點

1. 被欺負的時候，反抗的情緒會瞬間佔上風。

2. 但憤怒容易讓人意氣用事，對事情的解決毫無作用，甚至還會有反效果。

3. 暴力行為不可取，應該按照校規，讓對方受到合理處罰。

4. 在學校裏受欺負，更應該尋求老師的幫助去解決問題。

小劇場訓練

學會「扮狠」，可以避免受到別人的欺負嗎？

A. 一定可以

B. 要避免受欺負，可以換其他方法

還是培養自己的
自信和氣質吧！

作為一名學生，就要有學生應有的精神面貌哦！與其「扮狠」，不如學習培養自己的自信和氣質，敢於在人群中昂首闊步、直視他人，可以在一定程度上減少被人欺負的可能性。

9

約定被反悔了很生氣

小健，很抱歉，爸爸現在要出差，動物園就等下次吧！

爸爸，這次我們提前買好門票，這個週六一起去動物園玩吧。

好啊！

興奮！

孩子的苦惱

1. 認為父母不重視和自己的約定，感到非常生氣。
2. 認為父母說話不算數，下次再也不相信他了。

孩子應該明白的是

1. 約定被反悔，非常容易產生生氣的情緒。因為本來以為是 100% 既定的事，遭受了破壞，會帶來巨大的落差感，讓我們一時難以接受。

怎麼反悔了？好失望！

爸爸要加班，也是沒辦法嘛。

2. 遵守約定是「契約精神」的表現，每個人都應該對自己的承諾負責。隨便破壞約定當然是不對的，但有時候也要站在對方的角度思考，是否有甚麼客觀原因導致對方失約。

快來解開疑惑

1. 發現對方違反約定，我應該生氣嗎？

相互約定的事情，對方突然反悔，生氣是可以理解的，這說明我們有「契約精神」。但事情已經發生了，我們就算再生氣也無濟於事，不如冷靜下來了解事情的真相，看看有沒有解決辦法。

還是看看有沒有解決辦法吧！

2. 我們應該怎麼做，才能讓對方遵守約定呢？

對於非常重要的約定，可以事前跟對方說明自己的重視程度，讓對方能跟我們同樣重視約定。如果實在無法遵守約定，必須讓對方說明具體原因，幫助我們了解事情的情況，以便我們理解對方。

高
中
低

這是我對約定的重視程度！已經要爆滿了！

3. 如何進行有效溝通，讓對方意識到自己的錯誤？

生氣的時候，指出別人的錯誤，會加重衝突的可能性。不如等自己的情緒平復之後，把事情的前因後果都了解清楚，再冷靜地指出對方的過失，尋求有無解決的辦法，這才是有效溝通。

我現在情緒平復了，可以好好溝通了。

歸納要點

1. 會生氣代表我們有「契約精神」，但過度生氣對解決問題於事無補。

2. 對方不會無緣無故違反約定，我們應該充分了解事情的前因後果再下定論。

3. 生氣的時候指責對方不遵守約定，可能會激化雙方的矛盾。

4. 可以等自己充分冷靜後，再和對方溝通解決辦法。

小劇場訓練

對於違反約定的人，我們下次還能相信他嗎？

A. 不能

B. 可以嘗試多給一個機會

要學會給別人一個機會哦！相信大多數情況下，大家都是願意遵守約定的。也許當我們了解事情真相後，就會理解對方為何違反約定了。當然對於習慣性不遵守約定的人，要另當別論。

10

被打擾，不能專心學習

孩子的苦惱

1. 注意力被分散，學習走神分心，
   感到驚慌。
2. 被打斷次數愈多，心情愈煩躁，
   情緒不穩定，衝動易怒。

孩子應該明白的是

1. 我們在專注投入學習或做
   某件事時，遇到外界打
   擾，往往會被打斷思路，
   無法繼續專注，很有可能
   會導致內心急躁，這是正
   常的心理反應。

我的思路被打斷了……

嗯？外面有甚麼
有趣的東西嗎？

2. 小朋友個性活潑好動、好
   奇心重、探索慾較強，本
   身很容易被外界的事物所
   影響和干擾，所以注意力
   不集中也是一種非常常見
   的狀態。

快來解開疑惑

1. 為甚麼被同學打擾時，會無法專注學習？

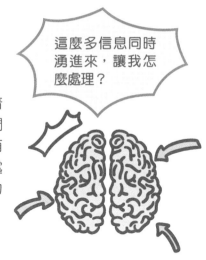

這麼多信息同時湧進來，讓我怎麼處理？

當我們被打擾時，意味着更多的信息同時湧進我們的大腦，打斷了我們原有的學習思路，造成大腦處理信息能力下降，注意力無法集中，情緒出現波動，自然就無法專注學習了。

2. 當我們被打擾時，如何使注意力重新集中？

當我們被打擾的時候，可以委婉地告訴周圍的人盡量減少打擾，或主動前往不被干擾的地方。若外部環境無法調節時，學會適應環境，穩定自己的心緒，將注意力拉回到眼前，專注做事。

在這裏就沒人打擾啦！

第二章

孩子不苦惱！情緒管理小技巧

3.被打擾後感覺脾氣很暴躁，應該怎麼處理？

深呼吸。

當專注學習時，旁人的打擾可能會影響我們的思路，降低學習效率，使我們心情煩躁，這是正常的情緒反應。遇到這種情況，我們可以進行深呼吸，先把心情平靜下來，不要着急「上火」，不然更會影響自己的思路。

歸納要點

1. 人的注意力容易受到外界環境的干擾和內在情緒的影響。
2. 注意力無法集中，會導致學習效率低下。
3. 讓自己的情緒保持穩定，有助於提高學習效率。
4. 簡單的深呼吸動作，可以幫助我們集中注意力。

小劇場訓練

愈想專注學習時，愈容易受別人干擾，怎麼辦？

A. 不學習

B. 換一種心態面對學習

在學習過程中，我們容易產生畏難情緒，感覺無法集中注意力，通常情況下很容易被周圍的人和環境影響。我們可以嘗試在學習中尋找快樂，把學習變成一件讓自己愉悅的事，而不是負擔，這樣有助於提高專注力的！

有同學不小心冒犯了自己

孩子的苦惱

1. 感覺被冒犯並出醜了，非常委屈。
2. 感到非常憤怒，認為自己沒有受到尊重。
3. 認為對方的冒犯一定是故意的，非常氣憤。

孩子應該明白的是

1. 別人有意或無意的冒犯，會對我們的自尊心造成一定刺激和損害。我們覺得沒面子或心理受到傷害，從而產生負面情緒，這是正常的心理反應。

2. 自尊心特別強的人，內心也更為敏感，更在意別人對自己的看法，在學習生活中，往往也更容易感到被別人冒犯。

快來解開疑惑

1. 為甚麼會經常感到自己被冒犯，這正常嗎？

在生活中，被別人冒犯的情況是很常見的，其實大部分都是無心之舉。如果經常感到被冒犯，可以試着調整一下自己的心態，問一問自己，會不會常常過度曲解了別人的言語及行為，給自己造成了不必要的精神負擔。

2. 為甚麼我們感到被冒犯時，會產生負面情緒？

情緒是對外界刺激的正常反應，我們心智尚未成熟，情緒波動大。當我們的大腦接收到「被冒犯」的信號時，強烈的自尊心會驅使我們產生憤怒的情緒。若選擇強硬反擊，更有機會進一步引爆自己的負面情緒。

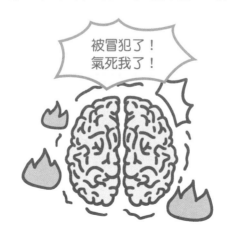

3.面對同學的無意冒犯，應該怎麼處理？

現實中，我們既可能是被冒犯的對象，也可能不自覺地在言語或行為上冒犯到別人。當別人的冒犯是無心之舉時，學會寬容大度與換位思考，可以幫助我們減少過度反應，更平靜地找到理解他人、原諒他人的理由。

我應該寬容大度，減少過度反應！

歸納要點

1. 總是容易反應過度，經常產生被冒犯的感覺，可能是過度的自尊心在作祟。
2. 持續停留在受冒犯的負面情緒中，不利於身心健康發展。
3. 學會換位思考，可以幫助我們寬容對方的無意冒犯。

小劇場訓練

如果對方是故意冒犯，我該怎麼做？

A. 讓他停止冒犯

B. 躲吧，有意見也不要表達出來

發現對方故意冒犯，我們就要學會及時制止他的行為。通過建立界限感的方式，讓對方清楚明白，他這樣做會讓我們感到非常不舒服，請他停止這種做法。

小錦囊

　　小朋友的日常情緒問題，多半產生於與他人交往之中，也就是說，社交關係的應對和處理是影響小朋友日常情緒的重要因素之一。校園交往就是一個微縮版的社會關係網，小學階段的小朋友對人與人的關係容易特別敏感，因此也很容易因為處理不好與別人的關係而產生一些情緒困惑。

　　比如：突然發現朋友說自己壞話了，非常失望和憤怒，不知道怎麼辦；感覺被欺負、被冒犯了，除了很委屈，也不知道如何處理等等。心理科學研究表明，如果一個人長期生活在不健康的社交關係中，就容易養成壓抑和扭曲的精神人格，比如自閉、害怕社交等。聽上去好像很可怕，其實小朋友們也不必太擔心，通過學習，掌握解決日常社交情緒問題的小技巧，例如學會換位思考、提醒自己冷靜等，能夠幫助我們處理好這些情緒問題，讓我們在成長的道路上走得更好。

第二章「小劇場訓練」答案：
7. B　8. B　9. B　10. B　11. A

我的筆記 . . . .

看過這章節後，有甚麼想對自己、同學或爸爸媽媽說的？不妨記錄下來吧！

第三章

調節自己，
與樂觀情緒做朋友

不知道為甚麼，總認為自己很失敗

可是明明前幾天⋯⋯

幾天前

小冬最近學習有很大進步，體育比賽的成績也名列前茅！

哇！好厲害哦！

哇！

明明大家都覺得他很厲害，為甚麼他還覺得自己失敗呢？小冬一定是謙虛過頭了。

孩子的苦惱

1. 容易因為一點小挫折而否定自己，對自己沒自信。
2. 經常對自己的能力產生懷疑，對學習和生活產生厭棄、逃避的心理。

孩子應該明白的是

1. 人在遇到挫折時，往往會出現消沉、苦悶、焦慮、冷漠等反應，有時這些反應更會一併出現。

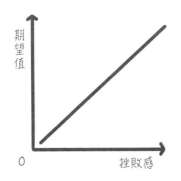

2. 設定過高的期望值又無法達到時，更容易讓人產生失敗的心理，挫敗感會更容易被放大。所謂希望愈大，失望愈大，就是這個道理。

快來解開疑惑

1.失敗感是無緣無故產生的嗎？

失敗感的產生既是客觀輸贏的反應，也是我們自己干預心理的結果。我們認為自己很失敗，可能是因為給自己設置了一個很難達到的目標。當自己做不到時，巨大的落差會導致我們產生強烈的挫敗感。

我一定要拿第一！這是我的目標！

2.願賭服輸，承認自己是失敗者不對嗎？

有成功就會有失敗，能夠承認自己的失敗，直面自己的不足，本來也是一種勇敢的行為。但過分地貶低自己，甚至否定自己，只會讓自己陷入焦慮、難過的情緒，無法幫助我們克服困難。

我不就是失敗了嘛，下次繼續加油吧！

3. 不想總認為自己是失敗的人，應該怎麼做呢？

客觀分析自己每一次失敗的原因，不斷進行自我暗示與鼓勵，可以幫助我們不斷調整自己的行為，找出自己前進的方向，成為更優秀的人。

要找出這次失敗的原因，好好改正。

歸納要點

1. 太在乎輸贏會給自己造成精神負擔。
2. 希望愈大，失望愈大。學會正視自己的能力，才能制定合理的目標。
3. 自我激勵可以逐步提高我們的自信心。
4. 過分貶低自己對成長沒有益處。

小劇場訓練

失敗只有壞處，沒有好處嗎？

A. 失敗當然是最壞的結果
B. 失敗也有正面作用

任何事情都有雙面的，用平常心看待輸贏，能夠讓我們在面對失敗時，內心不會產生強烈反差，也不容易有挫敗感。在失敗中學會總結經驗和教訓，還可以幫助我們找到成長的動力。

13

總認為好像沒人能了解自己

孩子的苦惱

1. 認為大家都不關心自己，於是拒絕和別人進行進一步的溝通。
2. 放大了自己難過的情緒，認為全世界沒有人了解自己。

孩子應該明白的是

就是一隻小寵物而已。

小倉鼠是我的好朋友。

1. 人與人之間，出現相互不理解，甚至誤會的狀況，是正常的。因為每個人的思維存在差異，對事物持有不同看法，對一件事情的主觀感受也不一樣。

爸爸媽媽都不理解我，我不想和他們說話了。

2. 人與人的理解需要建立在充分溝通的基礎上，如果不溝通、不澄清，只會加深雙方之間的不理解和誤會。過分放大自己的悲傷和委屈，也會對相互之間的溝通造成障礙。

快來解開疑惑

1. 為甚麼會莫名其妙產生別人不理解自己的想法？

當別人對我們的性格、能力等方面缺乏完整的認知時，就聽不懂我們內心深處想要表達的話，也很難產生同情共感，更遑論去理解並照顧我們的需求和感受了，因而我們就會覺得自己很孤獨，缺少知己。

> 爸爸都不懂我的想法和需求，我好孤獨啊！

> 養寵物還不如多看兩本書。

2. 在不被別人理解時，為甚麼會產生強烈的情緒反應？

不被理解的時候，憤怒、委屈、悲傷這些情緒都會找上門，這其實是因為我們在潛意識中往往默認別人「應該」了解自己，一旦出現與事實不符的情況，強烈的反差感會刺激我們產生強烈的情緒反應。

> 我們來啦！

憤怒　委屈　悲傷

3. 遇到不被理解的情況，我們應該怎麼做？

當出現不被理解的情況時，第一時間要學會換位思考，理解別人。同時要穩定自己的心情，不產生過分的應激情緒，避免造成更深的誤解。然後再尋找恰當的時機進行事後溝通，向別人坦誠表達自己內心的真實想法，使自己的行為及想法得到別人的理解。

> 爸爸媽媽是怕養小動物影響我的學習，但我會很自律的，我要坦誠告訴他們，讓他們放心！

歸納要點

1. 認為別人不了解自己，往往是因為自己也不了解別人。
2. 人和人之間存在思維差異，不應該強求每個人都理解自己。
3. 學會換位思考，可以減少我們產生不被理解的感覺。
4. 良好並有效的溝通，可以幫助雙方互相了解。

小劇場訓練

人和人之間交往，一定要強求相互理解嗎？

A. 一定要

B. 不一定

　　人與人之間的相互理解是不可以強求的，我們沒有權利要求別人一定要理解自己。如果可以相互理解，那當然是好事；我們要學會通過自己努力，比如進行良好並有效的溝通來獲取別人的理解。然而，如果實在不能完全理解對方，也就不用勉強。

凡事沒有信心，容易往壞的方面想

孩子的苦惱 ⋯⋯⋯⋯⋯⋯

1. 凡事容易往壞的方面想，並習慣被這種「壞情緒」左右。
2. 認為自己能力不足，對事情發展感到悲觀，經常生活在焦慮的情緒中。

孩子應該明白的是

1. 小朋友心智尚未成熟，心理承受能力相對薄弱，凡事更容易往壞的結果想。遇到挫折和困難時，也更容易產生負面情緒，認為自己不可能做到。

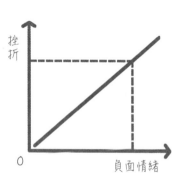

最壞就是不及格嘛，現在比不及格高出好多分呢！

2. 往壞處想，其實也是一種心理安全機制的自然反應，如果最壞的結果都想到了，等到壞結果出現的時候，反而可以獲得一種心安理得的狀態，為自己建造心理安全邊際。

快來解開疑惑

1.為甚麼會忍不住往壞處想？

事情的發展有好有壞，要根據具體的情況分析。當缺乏自信，或是曾經在類似的事情上有過失誤時，我們就很有可能產生畏難情緒，對事實的判斷也會出現偏差，甚至會質疑自己的能力，認為自己沒辦法完成好某一件事情。

這道題我之前做錯過，感覺這次也會做錯。

2.把事情往壞處想，就是不對的嗎？

遇事往壞處想並不盡是壞事，畢竟事情不可能只朝好的方向發展，能夠綜合考慮好壞兩方面的結果，意味着我們可以更好地掌握全域。但是過度地貶低自己的能力，認為結果必然是壞的，這對事情的解決是沒有半點用處的。

可以綜合考慮好壞兩方面！

3. 總是往壞處想，怎麼辦才好？

改變自己的不自信是非常關鍵的。我們可以不斷地給予自己心理暗示，並進行自我激勵和表揚，認可自己，告訴自己「我可以的」、「我能做好」。也可以請求其他人幫助你客觀地分析事情的難易程度，給出合理的建議。

我可以的！

歸納要點

1. 小朋友處於心智發育時期，心理承受能力相對薄弱，更容易放大負面評價，凡事都往壞處想。

2. 往壞處想，也是一種心理安全機制的自然反應。

3. 對事情的判斷出現偏差，長期處於焦慮之中，會加大精神壓力。

4. 積極的自我暗示，可以幫助自己建立自信。

小劇場訓練

「凡事都往好處想」，一定是對的嗎？

A. 不一定

B. 一定是對的

　　樂觀有助於我們建立積極的心態，但「凡事都往好處想」也是不對的。過猶不及，不切實際的幻想，會讓我們心存僥倖，低估了事情的執行難度，反而無法順利完成目標。

小錦囊

　　小朋友有些莫名的情緒問題，可能連自己也解釋不清楚為甚麼，這些情緒問題多數是負面心態所引發的，比如總認為自己很失敗、感覺沒人能了解自己、做任何事都沒有信心、容易生氣、容易激動等等。其實，換一種心態可能就不一樣了。想要心態發生改變，就需要調整看待問題的角度。

　　有沒有發現，對一件事情用不同角度去看待，會得到截然不同的兩種心情？而樂觀的情緒，往往會讓自己行動起來更積極，對事情的結果也會有促進作用。所以，從小就養成積極看待問題的習慣，做一個樂觀勇敢的人，對小朋友健康成長非常重要。

　　如果對任何事情都只是想失敗的可能性，就會愈想愈悲觀，到最後也不敢向前邁出腳步。連嘗試都不敢嘗試，自然就沒有成功的可能了。如果遇到事情，呈現積極勇敢的一面，認為這是自己不可錯過的機會，然後去行動，這樣即使失敗了，我們也能從中汲取經驗和教訓。

第三章「小劇場訓練」答案：
12. B　13. B　14. A

我的筆記

看過這章節後，有甚麼想對自己、同學或爸爸媽媽說的？不妨記錄下來吧！

第四章

懂得用方法
消解負面情緒

發光不是太陽的專利，
我也可以！

學會找人說出自己的不開心

媽媽出差了，爸爸又要加班，今天沒人陪我過生日，一點都不開心。

家裏又沒人，空蕩蕩的，真想找一個人說說話。

好難過！

可是同學們和我都不親近，也沒人知道我生日。

孩子的苦惱

1. 覺得自己好孤單，找不到人聊天。
2. 壓力不斷累積，不知道該和誰說，內心越來越沉重。
3. 獨自一人煩悶憂愁，感覺很無助。

孩子應該明白的是

> 小喬，我有些煩惱，想和你傾訴一下⋯⋯

> 怎麼啦？

1. 不愉快的事在心中累積得愈多，愈會轉化為無處發洩的壓力，給自己造成沉重的精神負擔，不利於自己的身心健康。

> 宣洩完後整個人都輕鬆了！

2. 找朋友傾訴是一種很好的減壓方法，能夠感覺有人知道，有人幫忙分擔，煩惱情緒就會容易緩解。

快來解開疑惑

1. 小事不說出來，會演變成巨大的壓力嗎？

所有沒能及時消化、排解的不愉快事情，都會積壓在我們心裏。隨着時間變化，內心的負面情緒不斷疊加並相互作用，最終成為我們內心無法排解的巨大壓力。

2. 傾訴自己的心事，只是說給對方聽就好嗎？

當心中有不愉快的事情時，可以及時找身邊的人訴說，並嘗試聽對方的看法和意見，形成友好的互動溝通。別人的分析、開導和安慰，可以幫助我們疏通情緒、緩解壓力，甚至找到解決問題的方法。

小曼，關於你的心事，我有一點建議，你願意聽嗎？

好呀！

3.為甚麼傾訴可以使我們感到放鬆？

當向別人傾訴心事時，我們便會系統地對內心不愉快的事情進行梳理，並且正視內心的不良情緒與壓力，了解它們產生的原因，這或多或少會讓自己意識到「這件事也沒甚麼」，從而減輕我們的精神負擔，達到放鬆的效果。

歸納要點

1. 沒法自我消化的壓力，必須及時找到排解、發洩的途徑。
2. 傾訴是排解情緒、宣洩壓力的良好方式。
3. 學會向別人傾訴，可以幫助我們緩和內心的不良情緒。
4. 良好的溝通，可以提高傾訴的有效性。

小劇場訓練

大多數情況下，誰是我們合適的傾訴對象？

A. 陌生人
B. 爸爸媽媽、老師或知心朋友

媽媽，我有事想和你說……

找熟悉自己情況的人傾訴，對方更能給出有建設性的反饋意見。建議找身邊信任的人，比如爸爸媽媽或是知心朋友。在學校裏，我們還可以找任課老師，或是心理輔導老師傾訴，以尋求更專業的解答。

16

利用運動釋放情緒

110

孩子的苦惱

1. 有些心事不想讓別人知道，又找不到排解的辦法，內心很鬱悶。

2. 總感覺充滿負能量，要麼提不起勁，要麼有勁沒處使，不知道怎麼辦。

孩子應該明白的是

1. 當心裏積壓了太多不良情緒和負能量時，會讓身體感覺特別疲憊或異常興奮，我們可以通過適當的運動釋放能量，緩解壓力。運動能促進大腦多巴胺的釋放，可以給身體帶來愉悅感，是天然的情緒推進器。

好累哦！

適量運動可以促進睡眠，對釋放情緒也有積極作用。

2. 運動可以轉移注意力，讓人從負面的情緒中解脫出來。適量運動可以在一定程度上促進睡眠，這對釋放情緒也有積極作用。

快來解開疑惑

1. 有些心事不想跟別人說，該怎麼排解？

每個人都有自己的隱私空間，也不一定能及時找到向人抒發的機會。遇到這種情況，可以考慮通過運動來排解自己的壓力，讓內心的不良情緒和壓力從身體裏揮發掉，同時還能鍛煉身體。

運動既能釋放壓力，又能鍛煉身體，一舉兩得！

2. 為甚麼運動可以幫助我們緩解壓力？

一方面，運動時我們的大腦會分泌讓身體感到愉悅的物質，幫助調節情緒。另一方面，運動時，我們的身體也在消耗大量的能量，此時內心的負能量自然也會被一起釋放出來。總之通過運動，可以讓身體保持比較健康和具有活力的狀態，這種狀態有助於提高我們的積極性和自信心。

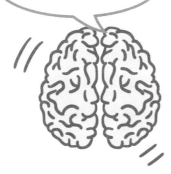

因為我會分泌讓身體感到愉悅的物質呀！

第四章　孩子不苦惱！情緒管理小技巧

113

3. 想通過運動來調節情緒，有甚麼注意事項嗎？

首先必須要足夠專注，集中精神在眼前的運動，這樣可以讓我們暫時拋開煩惱，穩定好情緒，找到和自己對話、梳理思路的辦法。除此之外，借助喊叫、大聲唱歌等輔助方式，也可以幫助我們快速丟掉不良情緒，釋放壓力。

大聲唱歌也能幫助我們丟掉不良情緒哦！

歸納要點

1. 運動是天然的情緒推進器，適度的運動可以調節情緒，改善心情。
2. 只要身體放鬆了，精神也會得到相應的放鬆，所以運動很重要。
3. 運動時集中注意力，有助於我們快速釋放壓力。

小劇場訓練

運動完有時感覺更累了，
是不是說明運動並不適合減壓？

A. 是的
B. 不是的

運動後要通過進食和
睡覺來緩解疲勞。

運動消耗能量，所以感覺身體變得疲勞是正常的現
象，這時只需通過短暫休息和調整，又或是通過進食和
睡覺來緩解疲勞就可以了。要知道，運動後帶來的機體
放鬆，可以讓我們睡覺更甜、胃口更好，也可以幫助我
們快速走出壓力。

用興趣和嗜好消除不開心

孩子的苦惱

1. 不開心的事情總是在腦海盤旋，一有空就會想起。

2. 生活到處都有不如意的事情發生，不知道該怎麼辦，愈想愈不開心。

孩子應該明白的是

1. 不開心的負面情緒存在時間愈長，愈會強化腦海裏關於不開心的回憶，並對我們的情緒重複地造成刺激，這時特別需要開心的事情來讓我們的心理狀態實現平衡。

不開心的負面情緒要用開心的事情來平衡！

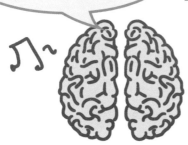

做感興趣的事，我會供應愉悅感來消除壞情緒。

2. 每個人在做自己感興趣的事情時，大腦總是會源源不斷地為身體及精神供應愉悅感，並幫助消除原來存在的壞情緒。所以，做自己感興趣的事情，可以消除自己的不開心。

快來解開疑惑

1. 快樂的事為甚麼可以瞬間消滅不開心情緒？

人的專注力是有限的，大腦並不能無限度地容納各種情緒，並同時作用。當我們遇到令自己高興的事情時，快樂情緒會取代不開心情緒，成為我們的主導情緒，從而消除不開心。

2. 如何讓自己從不開心的情緒中解脫出來？

轉移注意力是調整情緒的重要方法。當自己的情緒非常糟糕時，深陷其中是於事無補的，不如停止擔心，轉而去做自己感興趣的事情，讓自己在此過程中收穫快樂，才能有效緩解緊張、恐懼等負面情緒，獲得充實的生活。

歸納要點

1. 不開心時可以做一些讓自己快樂的事，來實現情緒平衡。

2. 做自己感興趣的事情，可以消除自己的不開心。

3. 轉移注意力是調整情緒的重要方法，所以不開心時，可迅速轉向去做讓自己快樂的事。

小劇場訓練

**想讓「令自己快樂的事情」越來越多，
應該怎麼辦？**

A. 隨緣

B. 多培養不同的興趣愛好

我的「興趣庫」很大哦！

學習
籃球
聊天
玩
遊戲
看書

　　除了學習，平時多注重培養自己的興趣和嗜好，積極嘗試各式各樣的事物，建立自己的「興趣庫」。當我們遇到不開心的事情時，可以及時調用這個「興趣庫」，做一些能讓自己快樂的事情。

18

保持充足睡眠才有利於情緒穩定

123

1. 容易犯睏，腦子經常昏昏沉沉，易怒，總認為身邊的人在跟自己作對。
2. 總感覺時間不夠用，精神壓力大，情緒起伏明顯。

孩子應該明白的是

好累啊！誰都不要來煩我！

1. 休息不足時，會讓人身體產生疲勞感。這種疲勞感會直接作用於人的神經系統，使我們精神不振，對一切都疲於應付，並失去耐心。

我不要休息！我就要學習！

2. 當身體疲勞時，如果強行堅持不休息，會讓身體透支更多的能量，從而對精神產生更強的壓迫感，導致情緒不穩定，出現浮躁、暴怒等情況。

快來解開疑惑

1. 沒睡好時心情往往很差，這是為甚麼？

因為睡眠是身體與精神最好的調節器，不但可以消除身體疲勞，還能讓自己的神經系統得到充分的休息和放鬆。如果睡眠不足或是睡眠質量低，原有的疲勞沒有被消除，又會讓精神壓力加重，心情自然會變得很差。

一睡醒心情就不好。

2. 充足的睡眠對保持心理健康有甚麼好處？

充足的睡眠是緩解壓力的最好方法之一。良好的睡眠質量，可以保證自己的身體和大腦得到充分的休息，同時可以清除「垃圾」情緒，避免不良情緒的不斷累積。這樣可以確保我們在醒來時精力充沛，活力十足，做起事情來也顯得幹勁滿滿。

充足的睡眠能緩解壓力，讓大腦得到充分的休息！

3.想讓自己有一個好心情，想擁有充足睡眠，那應該如何提高自己的睡眠質量？

又到睡覺時間啦！

養成規律的睡眠習慣，是提高我們睡眠質量的關鍵。睡覺前要避免給自己製造精神壓力，不要過分關注睡前未完成的任務，要保持良好的心態。同時，要保證睡眠環境的安靜，避免強光刺激。白天還可以結合適度的運動，幫助自己的身體產生困倦感，從而達到加快入睡的目的。

歸納要點

1. 睡眠不足會對精神產生更強的壓力感。

2. 充足的睡眠有助於緩解壓力，使精神放鬆、愉悅。

3. 保持良好的心態反過來也有助於睡眠。

小劇場訓練

**睡眠不足會影響情緒，那遇到失眠的時候，
應該怎麼辦？**

A. 放鬆心態面對
B. 要有緊張感，強迫自己入睡

遇到失眠時，心情焦躁只會讓我們更加難以入睡，造成惡性循環。可以嘗試以放鬆的心態面對，消除緊張的情緒，不要刻意強迫自己入睡，而應順其自然，感覺睏了就睡覺，這也有助於改善睡眠質量。

小錦囊

在日常生活當中，無論是大人還是小朋友，難免都會產生負面情緒。如果能掌握一些消解負面情緒的方法，及時跟負面情緒說拜拜，小朋友們的學習生活將會變得更加主動和積極。

事實證明，小朋友可以從大人身上學習一些消解負面情緒的方法，並應用在自己的日常情緒管理中，比如找人傾訴、利用運動發洩和釋放情緒、讓快樂的事消除不開心、尋求大人幫助，或者讓自己轉移注意力等等，這些都可以讓自己不被負面情緒左右。

總之，有負面情緒千萬不要藏着，不要認為「憋一憋就好了」，一旦時間長了，就可能會變成比較嚴重的情緒問題。我們一定要學會運用合適的方法把負面情緒釋放出來。

第四章「小劇場訓練」答案：
15. B　16. B　17. B　18. A

我的筆記 . . . .

看過這章節後，有甚麼想對自己、同學或爸爸媽媽說的？不妨記錄下來吧！

用理性思維
預防及應對負面情緒

身在黑暗，心向光明。

19 試着改變思考方式

不知道子晨是不是腦子壞了，竟然故意讓我難堪！

……

你這麼想就錯了，是你犯錯在先，子晨是在執行風紀的職務，換我也會處罰你的。

為甚麼每個人都不顧友情，處處跟我作對呢？

孩子的苦惱

1. 只認准一個道理、一個想法，容易讓自己鑽牛角尖。比如認為即使犯了錯誤，好朋友也不應該處罰自己。

2. 遇到事情腦筋轉不過彎，看待問題很片面，並由此滋生不必要的負面情緒，比如當結果達不到自己預期的時候，悔恨自己浪費了感情。

孩子應該明白的是

我們不是好朋友嗎？為甚麼不幫我？

1. 小朋友心理發育還不成熟，習慣用情感來代替邏輯來處理問題，並容易形成思維定式，反覆用同樣的標準去解釋不同的具體情況，解釋不通或者發生衝突時，就容易讓自己深陷迷茫和不解中。

其實只要我把垃圾撿起來，事情就解決了。

2. 換一種思考方式看待同一個問題、降低心理預期，就可以把問題正常化，讓自己在情感上得到和解，並避免情緒產生過多的波動。

快來解開疑惑

1. 用不同的思考方式面對同一個問題，會產生甚麼結果？

這和我的預想不一樣啊！

當認為「本應該這樣」結果「變成那樣」時，心理落差會使我們產生憤怒、失落等情緒。其實同一個問題，根據思考方式的不同，就會讓我們產生不一樣的答案。選擇甚麼樣的答案，意味着我們會不會生氣，還是會「生小氣」，抑或「生大氣」。

2. 改變思考方式，對我們有甚麼好處？

我們嘗試改變思考方式，換一種角度看問題的時候，也許就能及時調整我們的心理預期，使問題不再對我們產生較大刺激，減少不良情緒的出現。這也有助於我們用更全面和客觀的角度去尋找事情的真相。

只要調整我們的心理預期，就能減少不良情緒的產生。

心理預期

不良情緒

他這樣做應該有他的理由，
我可以去問問別人的意見。

3. 如何幫助自己改變思考方式？

學會管理情緒，遇事不衝動、
不固執己見，凡事多想想「他
這樣做有他的道理」、「是否有
其他可能性」。根據具體情況
做出具體分析，及時聽取別人
的意見和建議等，都可以幫助
自己改變思考方式。

歸納要點

1. 不同的思考方式會產生不同的情緒
反應。

2. 換一種思考方式可以避免鑽牛角尖。

3. 調整心理預期可以減少情緒刺激。

4. 具體情況具體分析，可以幫助我們
更客觀、高效地解決問題。

小劇場訓練

嘗試改變思考方式，是不是會顯得毫無原則了？
和「牆頭草」有區別嗎？

A. 沒區別，毫無原則
B. 不一樣，跟「牆頭草」沒關係

　　改變思考方式的出發點，並不是讓我們像「牆頭草」一樣隨意轉換立場，或顛倒是非黑白，而是希望打破我們的固有思維，在看待問題時可以找到積極向上的角度，幫助我們減少不良情緒的產生，兩者是有區別的。

20

學會理性分析自己的情緒，減少情緒化

孩子的苦惱

1. 容易情緒化，情緒總是跟著感覺走，常常不冷靜，因為很小的情緒問題，引發了更大的矛盾衝突。

2. 和朋友發生矛盾衝突時，從不分析原因，總認為自己沒有錯，都是別人的問題。

孩子應該明白的是

為甚麼事情沒有按照我預想的發生呢？

1. 情緒化是指一個人的心理狀態容易因為一些或大或小的因素發生情緒波動，喜怒無常。比如當自己的需求得不到滿足，或是出現事與願違的情況時，內心往往會滋生出負面情緒。

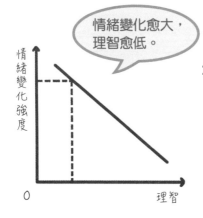

情緒變化愈大，理智愈低。

2. 情緒化在行為上表現為易衝動、易感情用事、易隨意發洩不滿，即在感情強烈衝動下會做出缺乏理智的行為，並造成不可逆轉的破壞性後果。

快來解開疑惑

1. 每個人最常見的情緒表現有哪些？

人的情緒豐富多樣，但最基本的情緒可以總結為：喜、怒、哀、懼。在這四種情緒的基礎上，我們常常也延伸出豐富的情緒組合，如喜憂參半、驚喜交集、悲憤交加等。大多數情況下，我們情緒的呈現是較為複雜的。

2. 為甚麼情緒會產生變化？

人的需求是否得到滿足是情緒產生變化的一個重要原因。即使是相同的需求滿足度，在不同的情境下也會刺激我們產生不同的情緒。當我們認為對方是故意或是有選擇地不滿足我們的需求時，往往會使我們的內心感到巨大落差，並滋生出負面情緒。

3. 不同的情緒會對我們產生甚麼影響？

不同的情緒會帶來不同的後果。積極的情緒使人心情愉悅、思維敏捷、精力旺盛，有利於正確地認識問題、解決問題，並給周圍的人帶來正能量；消極的情緒則恰恰相反，會容易用先入為主的壞念頭揣測別人的用意，不利於解決問題。

積極情緒與消極情緒帶來的影響截然不同。

積極情緒

消極情緒

歸納要點

1. 了解情緒，避免情緒化。
2. 需求是否得到滿足，是情緒產生變化的一個重要原因。
3. 不同的情境也會讓人產生不同的情緒。
4. 積極的情緒會對問題的解決產生積極的作用。

小劇場訓練

有沒有辦法讓自己多產生積極的情緒呢？

A. 沒有

B. 有辦法

擺脫「本來應該這樣」的想法，也不要一直糾結不開心的事情，就可以產生更多積極的情緒啦！

可以從需求的滿足度和情境的改變入手。一方面擺脫「本來應該這樣」的想法，調整自己的心理預期；另一方面不要一直糾結於不開心的事情，讓自己多處於快樂的情境之中，自然而然就會產生積極的情緒。

學會原諒別人的過失

孩子的苦惱 ....

1. 別人的過失把自己觸怒了，自己非常生氣，只想着對方的種種過錯。

2. 認為被侵犯了，深陷氣憤的情緒，不能自拔，不考慮前因後果，認為對方罪不可恕。

孩子應該明白的是

1. 我們要學會對別人的錯誤給予寬恕。原諒別人對於自己也是解脫，可以讓自己從負面情緒中迅速解脫出來，不被憤怒、怨恨等情緒所左右。

> 原諒別人後，自己也從負面情緒中解脫啦！

> 都是他們害我的戰鬥機模型……

2. 當別人做了對不起我們的事時，我們可能會產生不滿情緒，這是正常的心理反應。但過多的怨恨和指責不但解決不了事情，還容易讓自己深陷於負面情緒中。

快來解開疑惑

1. 對方犯了錯，我應該以牙還牙嗎？

不應該。以牙還牙並不能抵消錯誤，只能增添新的錯誤。當我們發現對方犯錯時，強烈的指責、強硬的對峙都有可能令對方惱羞成怒，導致矛盾進一步升級，造成更大的麻煩。

我要不要以牙還牙呢？

2. 學會原諒，有哪些好處？

學會原諒，可以大事化小、小事化無，不僅能收穫友誼，還能在寬容別人的過程中消除自己的怒氣，得到心理上的滿足，從而讓自己感到快樂。揪着別人的錯誤不放，只會讓自己耿耿於懷，最終傷害的還是自己。

學會原諒後，感覺心裏舒服多了。

3. 如何向別人表達自己的原諒之意？

原諒他人的方式有很多，一個動作、一個微笑都可以釋放自己的原諒之意，關鍵是要發自內心，真誠地諒解和寬容別人。當別人不小心傷害了自己時，真誠地說聲「沒關係」，或是充滿善意的笑一笑，都可以輕鬆化解矛盾。

小健笑了，是原諒我了嗎？

歸納要點

1. 過多的怨恨和指責只會激化矛盾，我們要學會原諒。
2. 原諒可以讓自己從負面情緒中走出來。
3. 一個動作、一句話、一個表情，都可以釋放原諒的信息。
4. 真正的原諒是真誠的諒解和寬容。

小劇場訓練

是不是所有的錯誤都可以被原諒？

A. 是的
B. 並不是

原諒並不意味着我們是非不分，也不是指一味地遷就忍讓，原諒應該是有限度、有原則的。當對方犯下嚴重錯誤，我們也要學會勇敢地站出來指責他，對方也應該受到相應的懲罰。

22

嘗試考慮一下別人的感受

孩子的苦惱

1. 發脾氣時從不考慮別人的感受，只一味對別人的行為感到憤怒，認為是別人對自己不好。

2. 不知道自己侵犯了他人，當別人生氣發怒時，還嫌對方小心眼。

孩子應該明白的是

一定要學會換位思考，不要盲目埋怨和傷害別人。

1. 對別人發脾氣，有時往往是因為我們忽略了對方的感受。嘗試考慮別人的感受，站在別人的角度去思考，培養自己的共情能力，讓自己能設身處地體驗他人的處境、感受和理解他人情感，少一些埋怨、憤怒的情緒。

不要過度以自我為中心哦！

2. 自我意識不斷成熟，是成長的必經之路。但過度以自我為中心，會容易忽略別人的感受，並太放任自己的情緒表達。

快來解開疑惑

1. 為甚麼要學會考慮別人的感受？

我們都生活在群體中，每天要和他人打交道。學會考慮別人的感受可以幫助自己調整情緒表達，修正自己的行為。提高共情能力，可以避免無意中對別人造成傷害，以至較容易原諒別人的過失行為。

> 提高共情能力可以避免在無意中傷害到別人！

> 給德德起個花名吧，叫甚麼好呢？

2. 不顧及別人的感受都有哪些表現？

不顧及別人感受的表現有：只考慮自己的情緒表達，把自己不喜歡的事強加給別人，或是做出愉悅自己卻傷害別人的事等。起花名、亂扔垃圾、插隊、炫耀及不考慮前因後果地對別人發怒等，都是典型的不顧及別人感受的做法。

3.在生活中如何學會考慮他人的感受？

大多數情況下，我們容易感受到別人的快樂，但未必能清晰感知別人的痛苦。因此，我們在表達情緒、做出行為時，要學會換位思考，將心比心。比如想一想：這麼說、這麼做會否給別人帶來痛苦？對方只是小過失，我是不是太小題大做了？

歸納要點

1. 學會去理解他人情感，可以讓自己少一些埋怨、憤怒的情緒。

2. 學會考慮他人感受，可以幫助我們正確表達情緒。

3. 在表達情緒時，要學會換位思考，將心比心。

小劇場訓練

**考慮別人的感受，
會不會影響自己表達真實想法？**

A. 會，兩者存在矛盾
B. 不會吧

　　考慮別人的感受和表達自己的真實想法，這兩者是不衝突的。考慮別人的感受，是尊重、理解他人的表現。當表達自己真實的想法時，我們應該做到對事不對人，盡量客觀評價對方的行為，而不是只靠主觀臆斷。

小錦囊

理性的人並不那麼容易情緒化，所以嘗試提高自己的理性思維。這樣不但可以預防不健康的心理問題，還可以在負面情緒出現時，用有效的方式應對和處理。

問題就在於小朋友們仍處於感性思維佔主導的年齡階段，在這個成長階段，要讓理性思考能力強大到「爆棚」，那是不現實的。但是，理性思維是可以慢慢培養的，試着改變思考方式、多問問自己為甚麼會產生這樣的情緒、學會原諒，並考慮一下別人的感受等等，這些都可以驅散一些不必要的負面情緒。

除此之外，有一些能有助於我們遠離負面情緒的日常習慣很可能被忽視，比如保持日常充足睡眠。我們要知道保持精力充足，及時讓自己遠離不開心的環境和事情，也有助於積極情緒的產生，並有利於自己的心理健康。

第五章「小劇場訓練」答案：
19. B 20. B 21. B 22. B

我的筆記

看過這章節後，有甚麼想對自己、同學或爸爸媽媽說的？不妨記錄下來吧！

孩子不苦惱！情緒管理小技巧

著者
問童子書局

責任編輯
梁卓倫

裝幀設計
羅美齡

排版
辛紅梅

出版者
萬里機構出版有限公司
香港北角英皇道 499 號北角工業大廈 20 樓
電話：2564 7511　　傳真：2565 5539
電郵：info@wanlibk.com
網址：http://www.wanlibk.com
　　　http://www.facebook.com/wanlibk

發行者
香港聯合書刊物流有限公司
香港荃灣德士古道 220-248 號荃灣工業中心 16 樓
電話：2150 2100　　傳真：2407 3062
電郵：info@suplogistics.com.hk
網址：http://www.suplogistics.com.hk

承印者
寶華數碼印刷有限公司
香港柴灣吉勝街 45 號勝景工業大廈 4 樓 A 室

出版日期
二〇二三年四月第一次印刷

規格
大 32 開（210 mm × 142 mm）

本書繁體字版由廣東科技出版社有限公司授權出版